Lilly Block

Lillys Erotik op Platt 2

mit hochdeutscher Übersetzung

Lilly Block

Lillys Erotik op Platt 2

mit hochdeutscher Übersetzung

Band 2

Bibliografische Information der Deutschen Nationalbibliothek: Die Deutsche Nationalbibliothek verzeichnet diese Publikation in der Deutschen Nationalbibliografie; detaillierte bibliografische Daten sind im Internet über www.dnb.de abrufbar.

ISBN 978-3-7431-0064-0
© Lilly Block 2016

Herstellung und Verlag:
BoD – Books on Demand, Norderstedt

Covergestaltung:
Lilly Block mit BOD Easy Cover

Foto: privat

För Wolfgang un Peter, de mi op malle Ideen bröcht hebben, wat een op'n Schipp allns utfreten kann ...

Für Wolfgang und Peter, die mich auf verrückte Ideen gebracht haben, was man auf einem Schiff alles anstellen kann ...

Inhaltsverzeichnis

Fesselt vun'n Anholer..8
Gefesselt von einem Anhalter...........................9
Jümfernfahrt..20
Jungfernfahrt...21
De Överfahrt...54
Die Überfahrt..55
Lilly Block...74

Fesselt vun'n Anholer

„Nimm ni nich Anholers mit", harr sien Moder jümmers seggt.

He weer alleen in't Auto ünnerwegens, siet dreehunnert Kilometer nu. Dat regen junge Hunnen un he harr Langewiel.

Un denn stunn se anne Kant vunne Straat, natt as 'n afsopen Rott. Dat schiente as wenn ehr Schees verreckt weer, denn de stunn anne Kant un de Motor qualmte.

So'n smucke junge Deern kunn he doch nich inne Regen stahn laten.

He heel an un dreihte dat Finster rünner:

„Wo wullt Du denn henn?"

„Weet ik nich. Ik wull mien Fründin in London besöken, man de Fleger is nu sachs weg. Ik weet nich, woneem ik vunnacht blieven kann. Kennst Du 'n Hotel in de Neeg?"

Wat för Titten se harr...

Gefesselt von einem Anhalter

„Nimm niemals Anhalter mit!", hatte seine Mutter immer gesagt.

Er war alleine mit dem Auto unterwegs, seit dreihundert Kilometern jetzt. Es regnete furchtbar und er hatte Langeweile.

Dann stand sie am Straßenrand, nass wie eine ersoffene Ratte. Es schien, dass ihr Auto verreckt war, denn es stand am Straßenrand und der Motor qualmte.

So ein hübsches Mädchen konnte er doch nicht im Regen stehen lassen.

Er hielt an und kurbelte das Fenster runter.

„Wohin willst du?"

„Weiß ich nicht. Ich wollte meine Freundin in London besuchen, aber der Flieger ist jetzt wohl weg. Ich weiß nicht, wo ich heute Nacht bleiben kann. Kennst du ein billiges Hotel in der Nähe?

Was für ein Busen...

He kunn nix seggen, nickkoppte blots un makte de Döör op. As se neven em seet, beluurte he ehr sik genauer. Se weer goot buut, harr rieklich Holt vör de Hütt un 'n dralle Achtersen. To geern much he mal anfaten... Ehr Tüch weer man blots ut Ledder: Lange swatte Steveln, een ganz korte swatte Rock un een rode Korsasch, ut de ehr Schätze boben meist rutfullen. Een Tittbüddel harr se nich an, dat kunn he sehn. Of se woll 'n lüttje Ünnerbüx anharr?

„Springt dien Koor ok nich an?", holte se em ut sien Spekuleern rut.

„Doch..."

He smeet de Motor an un weer so opreegt, dat de Koor de ersten Meters mehr hüppte as fohrte.

„Ik freer so. Kannst Du mi opwarmen?"

Se nehm sien Hand un leggte de op ehr Been.

De Huut weer kold, man ok bannig week. Sinni striegelte he ehr Been. Sien Johannes gefull dat. De stunn piel oprecht un makte 'n

Er konnte nichts sagen, nickte nur und öffnete die Tür. Als sie neben ihm saß, schaute er sie genauer an. Sie war gut gebaut, hatte eine üppige Oberweite und einen knackigen Hintern. Sie war komplett in Leder gekleidet: lange schwarze Stiefel, ein ganz kurzer schwarzer Rock und eine rote Korsage, aus der ihre Schätze oben fast rausfielen. Einen BH trug sie nicht, das konnte er sehen. Ob sie wohl einen Slip anhatte? Zu gern würde er sie mal anfassen.

„Springt deine Karre auch nicht an?", holte sie ihn aus seinen Überlegungen raus.

„Doch ..."

Er ließ den Motor an und war so aufgeregt, dass das Auto die ersten Meter mehr hüpfte als fuhr.

„Ich friere so, kannst du mich aufwärmen?"

Sie nahm seine Hand und legte sie auf ihr Bein.

Ihre Haut war eiskalt, aber auch sehr weich. Sanft streichelte er ihr Bein. Seinem kleinen Freund gefiel das. Der stand hoch aufgerichtet

groote Buul in sien Büx. Se markte dat foorts. Verfehrt trock he sien Hand torüch.

Se smusterte: „Maak wieder! Ick freer noch jümmers."

Dor weer ok al dat Hotel to sehn.

„Hier kann ik Di afsetten un denn kannst Du schön hitt duschen to opwarmen."

Se schüttkoppte: „Ik bün boor un blank, kann dat nich betolen. Ik heff man blots dat Ticket för den Fleger."

He överleggte: „Man Du musst ut de natten Plünnen rut, sonst holst Du Di de Dod. Ik haff achtern in mien Bagaasch Handdöcker un een warme Pullover. De kannst Du eerstmal antrecken."

He fohrte 'n Stück wieder, heel op'n Parkplatz an, söchte kort achtern inne Kufferuum un langte ehr de Plünnen henn.

und verursachte eine große Beule in seiner Hose. Sie merkte das sofort. Erschrocken zog er seine Hand zurück.

Sie lächelte: „Mach weiter. Ich friere noch immer."

Da war das Hotel auch schon zu sehen.

„Hier kann ich dich absetzen und dann kannst du schön heiß duschen, um dich aufzuwärmen."

Sie schüttelte den Kopf: „Ich habe kein Geld um das zu bezahlen, nur das Ticket für den Flieger."

Er überlegte: „Aber du musst aus den nassen Sachen raus. Ich habe hinten in meinem Gepäck Handtücher und einen warmen Pullover. Den kannst du erstmal anziehen."

Er fuhr ein Stück weiter, hielt auf einem Parkplatz an, suchte kurz hinten im Kofferraum und gab ihr dann die Sachen.

„Deit mi leed, ik bün so geneerlich. Dörv ik Di de Ogen verbinnen, dormit Du nich tokieken kannst, wenn ik nackelt bün?"

Döösige Deern, dach he, nickkoppte avers.

Gau harr se vun jichtenswo een Schaal rutholt un verbunn em de Ogen.

„Un dormit Du de Ogenbinn nich afnümmst, bind ik Di ok de Hannen fast."

Ratzfatz harr se een Hand an't Stüer un de anner Hand anne Handbrems fastbunnen. He verfehrte sik. Wat keem nu? Wull se em beklaun? Em womöglich noch afsteeken? He schreet.

„Wees ni bang! Ik wüll mi blots ümtrecken."

Dat hörte sick ok so an. Denn striegelte een Hand över sien Been, gung höher. Sien Dödel gefull dat. De weer nich bang un stun al wedder piel oprecht.

„Tut mir leid, ich bin ein bisschen prüde. Darf ich dir die Augen verbinden, damit du nicht zuschauen kannst, wenn ich nackt bin?"

„Dummes Mädchen", dachte er, nickte aber.

Schnell hatte sie von irgendwo einen Schal geholt und verband ihm die Augen.

„Und damit du die Augenbinde nicht abnimmst, binde ich dir noch schnell die Hände fest."

Blitzschnell hatte sie eine Hand am Lenkrad und die andere an der Handbremse festgebunden. Er erschrak. Was kam nun? Wollte sie ihn ausrauben? Ihn womöglich sogar erstechen? Er schrie.

„Hab keine Angst. Ich will mich nur umziehen."

Es hörte sich auch so an. Dann streichelte eine Hand über sein Bein, ging höher. Seinem Freund zwischen den Beinen gefiel es. Dieser stand schon wieder hoch aufgerichtet.

„Ik bün nu nackelt. müchst Du mal mien Huut rücken un smecken?"

Bevör he antern kunn, spörte he ok al warme, week Huut an sien Gesicht. Se rückte goot. Un dor weer ok een lüttje harde Knoop.

„Müchst Du mal an mien Nippels suugen?"

He spörte de harde Knoop op sien Lippen. Geern nehm he de Inladung an, verwöhnte de Knoop mit de Tung un suugte dran. As he em 'n lütt beten mit de Tähn kneep, stöhnte se luut.

Denn trock se sik torüch. He weer dalslaan, markte avers, da se sien Dödel ut de enge Büx befreete. Wat keem nu?

Sinni strecken ehr Hannen över sien Mönk. Denn nehm se em inne Mund un verwöhnte em mit Tung un Tähn.

He beverte vör Lengen, man jümmers, wenn je kort för't Explodeern weer, hörte se op un leet em to Ruh kamen, bevör se wiedermakte.

„Ich bin jetzt nackt. Magst du mal meine Haut riechen und schmecken?"

Bevor er antworten konnte, spürte er auch schon warme, weiche Haut an seinem Gesicht. Sie roch gut. Und da war auch ein kleiner harter Knopf.

„Magst du mal an meinen Nippeln saugen?"

Er spürte den harten Knopf auf seinen Lippen. Gern nahm er die Einladung an, verwöhnte den Knopf mit seiner Zunge und saugte daran. Als er ihn leicht mit den Zähnen kniff, stöhnte sie laut.

Dann zog sie sich zurück. Er war enttäuscht, merkte dann aber, dass sie sein bestes Stück aus der engen Hose befreite. Was kam jetzt?

Sanft strichen ihre Hände über seinen Mönch. Dann nahm sie ihn in den Mund und verwöhnte ihn mit Zunge und Zähnen.

Er zitterte vor Erregung, doch jedes Mal, wenn er kurz vorm Explodieren war, hörte sie auf und ließ ihn zur Ruhe kommen, bevor sie weitermachte.

As he dach, dat he dat nümmers mehr utholen kunn, hörte se nich op, sünnern makte wieder, bet he sik in ehr Mund afladet harr.

„Danke", see he un sleep forts in, fardig mit Jack un Büx.

As he wedder waken wurr, seet he alleen inne Koor. De Hannen weern free, een Ogenbinn weer ok nich dor. Man sien Pullover weer weg un een rode Korsasch ut Ledder, de över't Stüer hung, vertellte em, dat he ni blots dröömt har.

Als er dachte, dass er es nicht mehr aushalten könne, hörte sie nicht auf, sondern machte weiter, bis er sich in ihrem Mund ergossen hatte.

„Danke", sagte er und schlief sofort erschöpft ein.

Als er wieder aufwachte, saß er allein im Auto. Seine Hände waren frei, eine Augenbinde war auch nicht da. Aber sein Pullover war weg und eine rote Lederkorsage, die über dem Lenkrad hing, sagte ihm, dass er nicht nur geträumt hatte.

Jümfernfahrt

Sylvia söchte een Kirl. Lang weer se alleen ween, harr Lengen na een warme Liev besiets sik inne Nacht, na Hannen, de ehrn Liev verwöhnten un na een Macker, de mit ehr reise.

Sie reiste geern, am leevsten anne See. Se much de Wind op ehr Huut un de Smack vun Salt op ehr Lippen.Man dat weer ehr op Duer to langwilig jümmers allen to reisen, dorbi keen een to snacken to heben.

Se wull geern mal seilen, överlechte, ob se een Mitfohrt op een grötere Seilschipp boken schull, truute sik avers ni alleen to fohrn.

Wat weer, wenn se sik blameerte, wiel dat se ni nuch Knööv harr to bi't Seil setten to hölpen?

Sylvia overleggte henn un heer un beslot eerstmal na 'n Kirl to kieken, bevör se an Urlaub dachte.

Jungfernfahrt

Sylvia suchte einen Mann. Lange war sie schon alleine, hatte Sehnsucht nach einem warmen Körper neben sich in der Nacht, nach Händen, die ihren Körper verwöhnten und nach einem Mann, der mit ihr reiste.

Sie reiste gern, am liebsten ans Meer. Sie mochte den Wind auf ihrer Haut und den Geschmack von Salz auf ihren Lippen. Aber es war auf Dauer langweilig, immer alleine zu reisen, dabei niemanden zu haben, mit dem man sich unterhalten konnte.

Sie wollte gern mal segeln, überlegte, ob sie eine Mitfahrt auf einem größeren Segelschiff buchen sollte, traute sich aber nicht alleine zu fahren.

Was geschah, wenn sie sich blamierte, weil sie nicht kräftig genug war, beim Segel setzen zu helfen?

Sylvia überlegte hin und her und beschloss, erstmal nach einem Mann Ausschau zu halten, bevor sie an einen Urlaub dachte.

Se makte ehrn Computer an un mellete sik bi so`n Online-Partnervermittlung an.

Wat söchte se egens? Se muss dor jichtenswat rinschrieven, dormit sik de richtige Kirls for ehr melleten un se ni hunderten utsorteern müss, bevör se wat passends funn.

Ni to oold schull he ween: veele Kirls in ehr Öller seeten blots noch op Sofa, leten sik Pantüffeln, Beer un Eeten achterran dregen. So ´n Slapmütz wull se ni.

Beweeglich an Liev un Kopp schull he wenn. Se wull reisen, dorbi veel rumlopen un wat sehn. So een, de sik blots mit dat Auto oder de Bus dör de Gegend kutscheern leet, wull se ni.

`N Däsbaddel schull he ok ni ween. Un inne Puuch wull se ok noch ehr Vergnögen hebben. Een langwielige Kirl, de se blots als Matratz för sien Vergnögen ünner sik lingen hebben wull, weer nix för ehr. Sylvia wull ok ehrn Spaß hebben.

Sie schaltete ihren PC an und meldete sich bei einer Online-Partnerbörse an.

Wonach suchte sie eigentlich? Sie musste dort irgendetwas eingeben, damit sich die für sie passenden Männer meldeten und sie nicht Hunderte aussortieren musste, bevor sie einen passenden fand.

Er sollte nicht zu alt sein: Viele Männer in ihrem Alter saßen nur noch auf dem Sofa, ließen sich Pantoffeln, Bier und Essen hinterher tragen. Solche Schlafmützen wollte sie nicht.

Beweglich sollten Körper und Kopf bei ihm sein. Sie wollte reisen, dabei viel herumlaufen, um etwas zu sehen. So einen, der sich nur mit dem Auto oder Bus herumfahren ließ, wollte sie bestimmt nicht.

Ein Dummkopf sollte es auch nicht sein. Und im Bett wollte sie auch noch ihren Spaß haben. Einen langweiligen Kerl, der sie nur als Matratze zu seinem Vergnügen unter sich liegen haben wollte, war nichts für sie. Sylvia wollte auch ihren Spaß haben.

Se brukte meist dree Stünnen bet se sik sülmst un den för ehr passende Kirl beschreeven harr. Nu würr se tööwen, wat för'n Kirls sik bi ehr melleten.

Na dree Dag meldete sik de Eerste bi ehr. Dat war 'n teemlich smuke Kirl, de dor vun dat Bild na ehr smustete. Schon anne neegste Avend drop se em inne Kroog. Man dat wieste sik gau, dat he 'n teemlich dröhnige Sesselpuuper weer, de blots 'n Kööksch söchte. Sylvia verafscheedete sik gau.

Na fief Dag mellete sik de neegste. Op't Bild weer he ni ganz so smuck as de eerste, man „wer ni wagt, de ni gewinnt", dacht se sik.

De Kirl weer bannig interessant, se harrn een schööne unnerholsame Avend tohop. Am leevsten harr Sylvia em glieks to sik na Hus in ehr Kist schleppt, man Tom, so hedte he, verafscheedete sik direktemang vör de Kroog vun ehr. Sylvia spörte een warmet Kribbeln in ehr Buuk, wenn se an em dach.

Sie brauchte fast drei Stunden, bis sie sich selbst und den für sie passenden Mann beschrieben hatte. Nun würde sie darauf warten, was für Männer sich bei ihr meldeten.

Nach drei Tagen meldete sich der erste Mann bei ihr. Es war ein ziemlich gut aussehender Typ, der sie von dem Foto anlächelte. Schon am nächsten Tag trafen sie sich in einer Kneipe. Doch es zeigte sich ziemlich schnell, dass er nur ein langweiliger Couchpotato war, der eine Köchin suchte. Sylvia verabschiedete sich schnell.

Nach fünf Tagen meldete sich der Nächste. Auf dem Foto sah er nicht ganz so gut aus wie der erste, aber „wer nicht wagt, der nicht gewinnt", dachte sie sich.

Der Mann war höchst interessant, sie hatten zusammen einen unterhaltsamen Abend. Am liebsten hätte Sylvia ihn sofort zu sich nach Hause in ihr Bett geschleppt, aber Tom, so hieß er, verabschiedete sich direkt vor der Gaststätte von ihr. Sylvia spürte ein warmes Kribbeln im Bauch, wenn sie an ihn dachte.

Se wull em weddersehn, man he leet sik Tied.

Sylvia wurr hibbelig, överlechte all, ob se sik na de neegste Kirl ümkieken schull. Se weer ja ni bunnen, kunn maken, wat se wull.

De neegste Kandidat weer ok böös interessant, so verafredete se sik forts för de glieke Avend noch inne Krog.

Jasper weer 'n smucke Kirl, op de ehr Liev as bi Tom glieks reageerte. He vertellte ehr vun't seilen, dat hörte sik meist an, as harr he'n eegen Shipp, op dat he Frunnen inlaadete, sik vun Fremmen faken gegen Geld chartern leet, to sik sien Schipp to finanzeern.

Sylvia hung an sien Lippen. Dat hörte sik good an. Se seech sik al op sien Schipp oppe Weg inne warme Süden.

Dor hörte se 'n bekannte Stimm: „Sylvia, schön, dat du dat schafft hest, obschonst ik eerst so laat Bescheed seegt heff."

Sie wollte ihn wiedersehen, aber er ließ sich Zeit.

Sylvia wurde unruhig, überlegte schon, ob sie sich nach dem nächsten Mann umsehen sollte. Sie war ja ungebunden, konnte machen, was sie wollte.

Der nächste Kandidat war auch recht interessant, so verabredete sie sich gleich für den selben Abend mit ihm in der Kneipe.

Jasper war ein gut aussehender Mann, auf den ihr Körper, genau wie bei Tom, sofort reagierte. Er erzählte ihr vom Segeln, es hörte sich fast an, als besäße er ein eigenes Schiff, auf das er Freunde einlud und sich von Freunden gegen Geld chartern ließ, um sein Schiff zu finanzieren.

Sylvia hing an seinen Lippen. Es hörte sich gut an. Sie sah sich schon auf seinem Schiff auf den Weg in den warmen Süden.

Da hörte sie eine bekannte Stimme: „Sylvia, schön, dass du es geschafft hast, obwohl ich erst so spät Bescheid gesagt habe."

Tom stünn vor ehr. So 'n Schiet, wat schull se nu dohn? Se wull beide Kirls ni vergrätzen. To 'n Glück full ehr gau 'n Utrede in:

„Tom deiht me leed, ik heff vundaag mien Computer de meiste Tied ut hatt. Mien Modder geiht dat slecht un ik mut hüüt Avend noch na ehr kieken. Jasper, deiht mi leed, ik heff de Tied vergeten. Ik mutt nu los to mien Modder. Ik meld mi wedder bi di."

Gau haute se af.

Tohuus ankommen argerte se sik. Dat harr so 'n schöne Avend warrn kunnen. Man nu set se alleen tohuus wieldat se to sellig weer, to sik mit Kirls an ünnerscheedliche Steeden to verafreden.

Dor bimmelte dat anne Döör. Schull se opmaken? Weer dat een vunne Kirls? Sachten plierte se dör den Döörkieker. Ehr Fründin Bente stünn vor de Döör, inne Hand 'n Buddel mit Knallköm. As Sylvia de Döör opmakte, freute sik Bente.

Tom stand vor ihr. So ein Mist, was sollte sie jetzt tun? Sie wollte beide Männer nicht verärgern. Zum Glück fiel ihr schnell eine Ausrede ein:

„Tom, tut mir leid, Ich hatte meinen PC die meiste Zeit ausgeschaltet. Meiner Mutter geht es schlecht und ich muss heute Abend noch nach ihr sehen. Jasper, tut mir leid, ich habe die Zeit vergessen. Ich muss nun los zu meiner Mutter. Ich melde mich wieder bei dir."

Schnell verschwand sie.

Zuhause angekommen ärgerte sie sich. Das hätte so ein schöner Abend werden können. Doch nun saß sie allein zu Hause, weil sie zu blöd war, sich mit zwei Männern an unterschiedlichen Orten zu verabreden.

Da klingelte es an der Tür. Sollte sie aufmachen? Vorsichtig schaute sie durch den Spion. Ihre Freundin Bente stand vor der Tür, in der Hand eine Flasche Sekt. Als Sylvia die Tür öffnete, strahlte Bente.

„Fein, dat du tohuus büst. Dat ist so langwielig alleen tohuus. Ik kunn goot mal wedder 'n Kirl hebben."

„Ja, ik ok", dacht Sylvia, „man ik weer hüüt Avend to sellig dorto."

Man se sä: „Kumm rin, ik freu mi."

Se setten sik inne Stuv daal, makten de Buddel op un na 'n korte Tied vertellte Sylvia vun ehr Malör.

„So 'n Schiet", sä Bente. „Dor söken wi beide ewig na 'n Kirl, nu sind twee dor, de wi deelen könnt un wi sitten hier alleen inne Stuv."

Sylvia nickkoppte blots.

„Wenn du mi vertellt harrst, dat du twee an 'n Wickel hest, harrn wi ja beide een utprobeern kunnt. Un wenn di de eerste, de du utsöcht harrst ni gefallen harr, harrn wi nochmal tuuschen kunnt."

„Schön, dass du da bist. Es ist so langweilig allein zuhause. Ich könnte gut mal wieder einen Mann haben."

„Ja, ich auch", dachte Sylvia, „doch ich war heute Abend zu blöd dazu."

Aber sie sagte: „Komm rein, ich freue mich."

Sie setzten sich ins Wohnzimmer, machten die Flasche Sekt auf und nach kurzer Zeit erzählte Sylvia von ihrem Missgeschick.

„So ein Mist!", sagte Bente. „Da suchen wir beide ewig nach einem Mann, jetzt sind zwei da, die wir teilen könnten und wir sitzen alleine hier im Wohnzimmer."

Sylvia nickte nur.

„Wenn du mir erzählt hättest, dass du zwei an der Angel hast, hätten wir ja beide je einen ausprobieren können. Und wenn dir der Erste, den du dir ausgesucht hattest, nicht gefallen hätte, hätten wir noch mal tauschen können."

Sylvia tögerte: „Meenst du dat wahraftig? Dat is ja as in een Swingerclub."

Bente smusterte: „Ja, worum ni? De Kirls dohn dat doch ok."

„Mann, eenfach so de Kirls tuschen... Un jedeen weet vunne anner..."

Sylvia wuss ni recht. Man nieschierig weer se ok.

„Bente, as ik mi bi dit Online-Portal anmeldet heff, dor heff dor een Annonce funnen as „Poor söcht Fru" oder „Kirl söcht Fründinnen". Meenst, wi schölln dat mal versöken?"

Bente nickkoppte: „Dat is `n goote Idee."

Kort dorna gung Bente na Hus. Denn piepte Sylvias Ackersnacker. Dat weer `n SMS vun Jasper: „Ik ga morn op`n Törn, kumm erst in dree Weeken törüch. Ik meld mi denn wedder bi di."

Anne neegste Dag overlegte Sylvia wodenni se een Kirl för sik un Bente finnen kunn.

Sylvia zögerte. „Meinst du das ernst?" Das ist ja wie in einem Swingerclub!"

Bente lächelte: „Ja, warum denn nicht? Die Männer tun das ja auch."

„Aber so einfach die Männer tauschen... und alle wissen voneinander."

Sylvia wusste nicht so recht, aber neugierig war sie auch.

„Bente, als ich mich bei diesem Portal angemeldet habe, habe ich auch Anzeigen gesehen wie „Paar sucht Frau" oder „Mann sucht Freundinnen". Meinst du, wir sollten das mal versuchen?"

Bente nickte: „Das ist eine gute Idee."

Kurze Zeit später ging Bente nach Hause. Dann piepste Sylvias Handy. Es war eine SMS von Jasper. „Ich gehe morgen auf einen Törn, komme erst in drei Wochen zurück. Ich melde mich dann wieder bei dir."

Am nächsten Tag überlegte Sylvia, wie sie einen Mann für sich und Bente finden könne.

Dor bimmelte ehr Ackersnacker.

Tom weer dran: "Moin Seuten, wat hest du an't Weekenend vor?"

Sylvia tögerte.

"Ik much di inladen to'n Seiltuur. Een Macker vun mi hett een Shipp un ik heff twee Kojen för de neegste Törn kreegen, wieldat ik em mal hulpen heff. Hest du Lust?"

Sylvia nickkoppte, kunn nix seggen.

"Büst du noch dor?", fraagte Tom. "Du seggst ja nix."

"Doch, ik weet ni wat ik seggen schall. Ik kom geern mit. Wat kost de Reis?"

"Nix, du bist inlaadet, Fridag morn hol ik di af."

De neegste Dag weer Sylvia böös hibbelig. Se freute sik bannnig op de Tour. Dünnersdag namiddag reep Tom nochmal an.

Da klingelte ihr Handy.

Tom war dran: „Hallo Süße, hast du am Wochenende schon was vor?"

Sylvia zögerte.

„Ich möchte dich zu einer Segeltour einladen. Ein Bekannter von mir besitzt ein Schiff und ich habe zwei Kojen für den nächsten Törn bekommen, weil ich ihm mal geholfen haben. Hast du Lust?"

Sylvia nickte, konnte nichts sagen.

„Bist du noch da?", fragte Tom. „Du sagst ja gar nichts."

„Doch, ich weiß nicht, was ich sagen soll. Ich komme gern mit. Was kostet die Reise?"

„Nichts, du bist eingeladen. Freitag morgen hole ich dich ab."

An den nächsten Tagen war Sylvia ziemlich unruhig. Sie freute sich wahnsinnig auf die Tour. Am Donnerstag Nachmittag rief Tom noch mal an.

„Dor is just een Platz frie wurrn. Hest du noch een Fründin, de mitkamen much? Dat kost ehr ok nix."

Sylvia weer opreegt: „Ik fraag mien Frundin Bente mal, ob se mitkamen mag, ik roop di in tein Minuten torüch."

Gau reep se bi Bente an: „Du Bente. Ik heff een Inlaadung for een Seiltour vun een Kirl. Nu is dor `n Platz frie wurrn un mien Macker fraagt, ob du mitkamen magst. Dat kost nix för di. Morn fröh geiht dat los."

Bente anterte forts: „Kloor kam ik mit. Womööglich fallt dor ok `n Kirl for mi af."

Anne neegste Morn holte Tom de beiden Deerns bi Sylvia af. As se an Bord keemen, wurr Sylvia witt as ´n Wand. An Deck stunn Jasper... Een Smustergrienen weer op sien Gesicht.

„Moin Sylvia, ik freu mi di wedder to sehn, schöön, dat du dien Fründin ok mitbröcht hest."

„Es ist gerade noch ein Platz frei geworden. Hast du noch eine Freundin, die mitkommen mag? Das kostet sie auch nichts."

Sylvia war aufgeregt: „Ich frage meine Freundin Bente mal, ob sie mitkommen mag. Ich rufe dich in zehn Minuten zurück."

Schnell rief sie bei Bente an: „Du Bente. Ich habe eine Einladung für eine Segeltour mit einem Mann. Jetzt ist da noch spontan ein Platz frei geworden. Mein Freund fragt, ob du mitkommen magst. Es kostet dich nichts. Morgen früh geht es los."

Bente antwortete sofort: „Natürlich komme ich mit. Vielleicht fällt da ja auch noch ein Mann für mich ab."

Am nächsten Morgen holte Tom die beiden Frauen bei Sylvia ab. Als sie an Bord kamen, wurde Sylvia weiß wie eine Wand: Jasper stand an Deck. Ein Grinsen war auf seinem Gesicht.

„Hallo Sylvia, ich freue mich dich wieder zu sehen. Schön, dass du deine Freundin mitgebracht hast."

Sylvia sööchte een Muusloch to verkrupen. Ne seeten beide Kirls tohoop op een Schipp.

Jasper seech, dat se inne Kniep weer.

„Sylvia, wees no böös. Tom un ik kennen uns al siet de Schooltied. Wenn dat ween mutt, deelen wi uns alns. Schaad, dat Du bi unse letzte Droopen to dien Modder müst."

He nehm ehr inne Arm un geev ehr 'n Söten. Sylvia spöörte, dat hitte Schuurn dör ehr Liev leepen. Wat makte se blots? Se weer doch mit Tom hier. Dor keem Tom henn to ehr, kneep ehr inne Achtersen und geev ehr ok een Söten.

Achteran wurr Bente vörstellt un kreech ok vun beide Mannslüüd een Söten. Sylvia keek sik dat Sppelwark an, Bente sökte ok een Kirl un dat schiente Sylvia as wenn Tom un Jasper beide an Bente interesseert weern. Dorbi harr se de beiden Mannslüüs doch toeerst dropen. Welke schull se nehmen? Jasper oder Tom?

Sylvia suchte ein Mauseloch, um sich darin zu verkriechen. Jetzt saßen beide Männer zusammen auf dem Schiff.

Jasper sah, dass sie in Bedrängnis war.

„Sylvia, nimm es uns nicht übel. Tom und ich kennen uns schon seit der Schulzeit. Wenn es sein muss, teilen wir uns alles. Schade, dass du bei unserem letzten Treffen zu deiner Mutter musstest."

Er nahm sie in den Arm und küsste sie. Sylvia spürte, dass warme Schauer durch ihren Körper liefen. Was machte sie nur? Sie war doch mit Tom hier. Da kam Tom auf sie zu, kniff ihr in den Hintern und küsste sie ebenfalls.

Anschließend wurde Bente vorgestellt und bekam auch von beiden Männern einen Kuss. Sylvia schaute sich das Schauspiel an. Bente suchte auch einen Mann und es schien Sylvia, dass Tom und Jasper auch beide an Bente interessiert waren. Dabei hatte sie die beiden Männer doch zuerst getroffen. Welchen sollte sie nehmen? Jasper oder Tom?

Se kunn sik ni entscheeden wull am leevsten beide utprobeern. Man da wurr hier an Bord sachs heikel warrn, ahn da de anner Mann dat markte. Schull se eersmal mit Bente afsnacken, wer welke Kirl nehmen wurr? Se kunnen denn ja tuuschen.

Denn wurrn se Erik vostellt, de dat Schipp hörte. Dorbi stellte sik rut, dat Jasper bi dat eerste Droopen, mit Sylvia wohl 'n beten brascht harr. He weer blots ein Deel vunne Crew, ok wenn he dör Opgaaven över de Maten von de annner rutstook. Wat dat für afsünnerliche Opgaaven weern, wurr se ni wies.

Kort bevör se afleegten kemen noch twee anner Paare an Bord, de Tom un Jasper ok all länger to kennen scheienten. Nadem se afleegt harrn weer für de Fruunslüüd eerstmal nix to dohn, denn se fohrten ünner Motor vun Tönn na de Eiderafdämmung. Erik meente, dat dat noch to fröh för't Seilen weer. Sien Gäst schulln sik dat Schipp eerst mal ankieken un 'n Geföhl för dat Schipp kriegen.

Sie konnte sich nicht entscheiden, wollte am liebsten beide ausprobieren. Aber das würde hier an Bord sicher schwierig werden, ohne dass der jeweils andere Mann das merkte. Sollte sie erstmal mit Bente absprechen, wer welchen Mann nehmen würde? Sie könnten dann ja ytauschen.

Dann wurden sie Erik, dem Eigner des Schiffes vorgestellt. Dabei stellte sich heraus, dass Jasper beim ersten Treffen mit Sylvia wohl etwas zu dick aufgetragen hatte. Er war nur ein Teil der Crew, wenn wobei er sich durch Spezialaufgaben etwas von Rest abhob. Was das für Spezialaufgaben waren, erfuhr sie nicht.

Kurz bevor sie ablegten, kamen noch zwei weitere Paare an Bord, die Tom und Jasper auch schon länger zu kennen schienen. Nachdem sie abgelegt hatten, war für die Frauen erstmal nichts zu tun, denn sie fuhren unter Motor von Tönning zum Eidersperrwerk. Erik meinte, dass es noch zu früh zum Segeln sei. Seine Gäste sollten sich das Schiff erst einmal ansehen und ein Gefühl für das Schiff bekommen.

Bente und Sylvia seeten an Deck un genoten de Sünn.

Als se de Eiderafdämmung achter sik harrn leet Erik de Seil setten.

Namiddags keemen se op Helgoland an. Nadem se fastmakt harrn, sünnten sik de Frunnslüüs wedder an Deck.

„Oh, twee Meerjümfern."

Tom stunn mit een Buddel Knallköm an Deck. He langte se twee vulle Glös. Denn keemen de anner an Deck un kreegen ok vun Tom Knallköm inschenkt.

Erik prostete na all henn: „Lat uns op ein moje Reis anstöten. Ik hoop, dat ji dat all gefallt."

De beiden anner Paare keeken Sylvia un Bente nieschirig an. Sylvia fraagte sik, op wat se töövten.

Se nehm ehr Glas hoch un prostete na se henn: „Ik freu mi all, ji op düsse Fahrt beten wies to warrn."

Bente und Sylvia saßen an Deck und genossen die Sonne.

Als sie das Eidersperrwerk hinter sich gelassen hatte, ließ Erik die Segel setzen.

Nachmittags kamen sie auf Helgoland an. Nachdem sie festgemacht hatten, sonnten sich die Frauen wieder an Deck.

„Oh, zwei Meerjungfrauen."

Tom stand mit einer Flasche Sekt an Deck. Er reichte ihnen zwei volle Gläser. Dann kamen die anderen an Deck und bekamen auch von Tom Sekt eingeschenkt.

Erik prostete allen zu. „Lasst uns auf eine schöne Reise anstoßen. Ich hoffe, dass euch das allen gefällt."

Die beiden anderen Paare sahen Sylvia und Bente neugierig an. Sylvia fragte sich, auf was sie warteten.

Sie hob ihr Glas hoch und prostete ihnen zu: „Ich freue mich schon, euch auf dieser Fahrt näher kennen zu lernen."

Dat schient genau de richtige Anspaak to ween. All vier nickkoppten un smusterten na ehr henn. Denn makte se sik bekannt. De rodhaarige Fru weer Erika. Ehr Mann heet Hans und de beiden keemen ut Berlin. De beiden annern weern Peggy un Kurt ut Bochum.

Erik haute af. He sä, dat he sik um dat Schipp scheren müss. Sien Gäst schull dat ni störn, dat he wieder arbeidete.

Denn bröchte Jasper dat Eeten na boben. He harr sik groote Möögde geeven: een Salat ut Spaars un Shrimps. Melon mit Schink, rökerte Lass, in lütte Stücken sneden, Matjes und Eerdbeern. Man dat weer keen Gavel un Knief dorbi.

Sylvia keek sik sökend um, man Tom griente. „Dat is to mit de Fingers to eeten. Ik slick di achterran ok girn de Fingers sauber."

De anner harrn all mit Eeten anfungen. Erika leet sik vun Hans fodern.

Dies schien genau die richtige Ansprache zu sein. Alle vier nickten und lächelten sie an. Sie stellen sich vor: die rothaarige Frau war Erika, ihr Mann hieß Hans und die beiden kamen aus Berlin. Die beiden anderen stellten sich als Peggy und Kurt aus Bochum vor.

Erik verschwand. Er sagte, dass er sich um das Schiff kümmern müsse, seine Gäste sollte ihn einfach ignorieren, wenn er weiterarbeitete.

Dann brachte Jasper das Essen nach oben. Er hatte sich große Mühe gegeben: ein Salat aus Spargeln und Shrimps, Melone mit Schinken, Räucherlachs, in kleine Stücke geschnitten, Matjes und Erdbeeren mit Schlagsahne. Es war aber kein Besteck dabei.

Sylvia sah sich suchend um, aber Tom grinste. „Das ist Fingerfood, greif zu. Ich lecke dir auch gerne hinterher die Finger sauber."

Die anderen hatten bereits mit dem Essen begonnen. Erika ließ sich von Hans füttern.

Peggy ganeerte Kurts Kehl jüst mit Slackermaschü. Sylvia fraagte sik, woneem se em ni mit Fisch foderte. Denn sech se, wodennig Peggy em de Kehl mit ehr lange beweegliche Tung adslickte. Dat kribbelte in Sylvia Buuk. Se much ok girn so een Tung op ehr Huut spörn. Se markte ni, dat Jasper ehr Kieken wies wurr un tofreeden griente.

Denn nehm Tom een Stück röckerte Lass un fun dormit an ehr to fordern, wieldat Jasper sik um Bente bemöhte. Sylvia gefull dat. Se wurr kurascheerter un foderte Tom un Jasper afwesselnd.

De beiden genoten dat un slickten jeden Mal ehr Fingers leeftallig af. Bito foderten se Bente.

Sylvia kribbelte dat inne Buuk wenn en vunne Mannslüüd an ehr Fingers nuckerte.

Man sachte müss se de Bucht kriegen.

Müss se dat wohraftig?

Peggy garnierte Kurts Hals gerade mit Schlagsahne. Sylvia fragte sich, warum sie ihn nicht mit Fisch fütterte. Dann sah sie, wie Peggy ihm den Hals mit ihrer langen beweglichen Zunge ableckte. Es kribbelte ihn Sylvias Bauch. Sie würde auch gerne so eine Zunge auf ihrer Haut spüren. Sie bemerkte nicht, dass Jasper ihren Blick bemerkte und zufrieden lächelte.

Dann nahm Tom ein Stück Räucherlachs und begann damit, sie zu füttern, während Jasper sich um Bente bemühte. Sylvia gefiel das. Sie wurde mutiger und fütterte Tom und Jasper abwechselnd.

Die beiden genossen es und leckten jedes Mal ihre Finger zärtlich ab. Nebenbei fütterten sie Bente.

Sylvia kribbelte es heftig im Bauch, wenn einer der beiden Männer an ihren Fingern saugte.

Aber so langsam musste sie sich entscheiden...

Musste sie das tatsächlich?

Ok Bente genot dat, vun beide Mannslüüd betüddelt to warrn, un trock keenen för. Womöglich schulln se op düsse Reis allns deelen ...

Ut de Oogenwinkel seech Sylvia dat ok Erika und Hans as ok Peggy un Kurt all veer midnanner beschäftigt weern. Nadem Kurt sinnig Erikas Finger heel un deel sauber slickt harr, geev Peggy Hans een langen Söten. Dorbi keek se Sylvia kiebig an.

As dat heele Büffet opeeten weer, sä Tom: Ik heff neern noch mehr Eerdbeern mit Slackermaschü. Man wie schulln leever neern wiedermaken, dormit wi ni noch unversehens Tokiekers hebben, de sik verfehrn un inne Haven falln."

Erike un Peggy gungen glieks na neern. Sylvia un Bente sümen noch, denn se wulln de Sünn noch 'n beten geneten.

Jasper un Tom wurrn hiddelig.

„Komm na neern Deerns. Ji verpasst sünst noch dat Beste."

Auch Bente genoss es, von beiden Männern verwöhnt zu werden und gab keinem den Vorrang. Vielleicht sollten sie auf dieser Reise einfach alles teilen ...

Aus dem Augenwinkel sah Sylvia, dass auch Erika und Hans sowie Peggy und Kurt alle vier miteinander beschäftigt waren. Nachdem Kurt langsam Erikas Finger ganz und gar sauber geleckt hatte, gab Peggy Hans einen langen Kuss. Dabei sah sie Sylvia frech an.

Als das ganze Buffet aufgegessen war, sagte Tom: „Ich habe unten noch mehr Erdbeeren mit Schlagsahne. Aber wir sollten lieber unten weiter machen, damit wir nicht aus Versehen Zuschauer haben, die vor Schreck in den Hafen fallen."

Erika und Peggy stiegen gleich nach unten. Sylvia und Bente zögerten noch, denn sie wollten die Sonne noch ein wenig genießen.

Jasper und Tom wurden unruhig.

„Kommt runter Mädels. Ihr beiden verpasst sonst noch das Beste."

Nu wurrn Sylvia un Bente doch nieschirig. Mit dat, wat se to sehn kreegen harrn, se ni rekent. De heele Salon weer so ümbuut, dat dat meist as een eenzige grote Puuch utseech. Inne Meern stunn noch een Disch un op de leegen Erika un Peggy mit nakelte Böverliev as op 'n Präsenteerteller. Sees Titten ween över un över mit Slackermaschü garneert. Kurt un Hans möhten sik afwesselnd, de beiden schier to sliken.

„Möögt ji ok mal probeern?" fraagte Jasper un schoov Syliva na Erika und Bente na Peggy henn.

Sylvia prövte suutje, wiedat Bente noch tögerte. Sylvia behagte dat un se markte, dat sik een wohliget Kribbeln in ehrn Buuk verdeelte. Se wull dat ok föhlen. Gau spöhte se sik Slackermaschü in ehrn Buuknawel un leegte sik op de Disch.

„Wölln ji Mannslüüd all mal snopen?", fraagte se.

Jetzt wurden Sylvia und Bente doch neugierig. Mit dem, was sie dann zu sehen bekamen, hatten sie nicht gerechnet: Der ganze Salon war umgebaut, so dass es fast wie ein einziges großes Bett aussah. In der Mitte stand noch ein Tisch und auf dem lagen Erika und Peggy mit nacktem Oberkörper wie auf einem Präsentierteller. Ihre Brüste waren über und über mit Schlagsahne garniert. Kurt und Hans bemühten sich abwechselnd die Beiden wieder sauber zu lecken.

„Mögt ihr beiden auch mal probieren?", fragte Jasper und schob Sylvia zu Erika und Bente zu Peggy hin.

Sylvia probierte vorsichtig, während Bente noch zögerte. Sylvia gefiel das und sie bemerkte, dass sich ein wohliges Kribbeln in ihrem Bauch ausbreitete. Sie wollte das auch spüren. Schnell zog sie sich aus, sprühte sich Schlagsahne auf ihren Bauchnabel und legte sich auf den Tisch.

„Mögt ihr Männer mal alle naschen?", fragte sie.

All Mannslüüd nickkoppten.

Als se ehrn Buuk heel un deel schier slickt harrn, sa Jasper: „Harr ik di all vertellt, dat mien Baas Erik ut sien Friee Deern een swimmende Swingerclub makt hatt? De Laden löpt goot. Man för düsse Reis hett een Paar afseggt. Dor hebben Tom un ik un dacht, dat du sachs Luss hest un womööglich ok noch een interessente Fründin hest. Schient so, dat dat klappt hett."

Alle Männer nickten.

Als sie ihren Bauch ganz und gar sauber geleckt hatten, sagte Jasper: „Hatte ich dir schon erzählt, dass mein Chef Erik aus seiner Friee Deern einen schwimmenden Swingerclub gemacht hat? Das Geschäft läuft gut. Doch für diese Reise war ein Paar abgesprungen. Da haben Tom und ich gedacht, dass du wahrscheinlich Lust und vielleicht auch noch eine interessante Freundin hast. Scheint ganz so, dass es geklappt hat!"

De Överfahrt

Doris wull ehr Leeven ännern. Siet ehr Hochtied mit Klaus weer se in een güllen Vagelbuur fungen. Bet nu henn harr se dat utholn, man siet Klaus ogenschienlich een jüngere Ische harr, un se blots noch als Haushöölersch ehr Deenst to maken harr, weer dat nich mehr uttoholn. Se sä de letzte Utweg in aftohaun vun Huus un Heerd. Man dat müss goot kloormakt warrn. Jedeen Stapp weer to överleggen un müss mit Bedacht makt warrn. As Eerste muss se wedder Egenweertsinn und Frieheit in ehr Denken kriegen. Weer doch ehr heele Leeven siet de Hochtied mit em op em utrichtet wesen.

Düsse Reis na Föhr weer de erste Tritt, ofschonst dat Eiland ni to de Urlaubsplacken hörte, de annern als Aventüür beteeken würrn. Se harr de Urlaub klammheemlich bookt as Klaus sä, dat he för een Week op een Tagung int Utland weer.

Die Überfahrt

Doris hatte beschlossen ihr Leben zu ändern. Seit ihrer Hochzeit mit Klaus war sie im goldenen Käfig gefangen. Bisher hatte sie es ausgehalten, doch seit Klaus offensichtlich eine jüngere Geliebte und sie quasi nur noch als Haushälterin ihre Pflicht zu erfüllen hatte, war es unerträglich geworden. Sie sah den letzten Ausweg in der Flucht vor Heim und Herd. Doch das musste gut vorbereitet werden. Jeder Schritt war wohl zu überlegen und mit Bedacht auszuführen. Als erstes galt es Selbstwert und Selbständigkeit wieder einen gebührenden Platz zumindest in ihrem eigenen Leben einzuräumen. War doch ihr gesamtes Dasein seit der Eheschließung mit ihm auf ihn ausgerichtet.

Diese Reise nach Föhr war der erste Schritt, obwohl die Insel nicht unbedingt zu den Urlaubsorten gehörte, die andere als Abenteuer bezeichnen würden. Sie hatte den Urlaub heimlich gebucht, während Klaus angeblich für eine Woche auf einer Tagung im Ausland war.

Dat weer ehr hild, sik an een anner Steed ok wies to warrn, wodennig sehr ehr Leeven in Tokunft betalen kunn.

Suutje gung Doris na de Fähranlegger von Wyk op Föhr. Se harr noch nuch Tied. Een Stünn bleev ehr noch, to dat Eiland to geneeten, bevör se sik wedder op de Weg in ehr eentönige Leeven makte. Ok hier, in de kommodige Tied op dat Eiland weer ehr keen anständig Plaan infullen, wodennig se in Tokunft ahn Klaus dör't Leeven komen schull. Ahn anständige Berop, natürlich harr se ehr Lehr noch vör de Hochtied afbroken, würr dat schwor warrn.

Se keek op dat Meer rut un verfeerte sik. Worüm leep een Fähr ut de Haven rut? Doris keek op ehr Klock un markte, dat se sik um een Stünn verdahn harr. Se harr jüst de letzte Fähr anne Dag trecken laaten, ahn Sinn na kloor. Dormit würr se ni mehr vör ehrn Kirl tohuus ankomem un würr all nu opflegen.

Es war wichtig für sie, in einer anderen Umgebung darüber nachzudenken, wie sie ihr Leben zukünftig finanzieren könnte.

Langsam schlenderte Doris zum Fähranleger von Wyk auf Föhr. Es war noch reichlich Zeit. Eine Stunde blieb ihr noch, die Insel zu genießen, bevor sie sich auf den Rückweg in ihr langweiliges Leben machen würde. Auch hier, in der entspannten Inselatmosphäre, war ihr kein sinnvoller Plan eingefallen, wie sie sich zukünftig ohne Klaus durch das Leben schlagen sollte. Ohne richtige Ausbildung, selbstverständlich hatte sie ihre Ausbildung noch vor der Hochzeit abgebrochen, würde es schwer werden.

Sie schaute auf das Meer und erschrak. Wieso lief eine Fähre aus dem Hafen aus? Doris schaute auf die Uhr und stellte fest, dass sie sich um eine Stunde vertan hatte. Sie hatte gerade die letzte Fähre des Tages ziehen lassen, unbewusst natürlich. Damit würde sie nicht mehr vor ihrem Mann zuhause ankommen und schon jetzt auffliegen.

Wodennig schull de em dat bipulen? Ehr eenzig Hopen op een halfwegs anstännige Leeven, op dat se ni mehr verzichen wull, weer de Ünnerhold, de se womööglich rutslagen kunn. Letzten Enns harr se ehr eegen Vorankomen för sien Karriere opgeeven. Dat hörte sik oldbacksch an. Man se harr düsse Kirl eerstan von Harten leev hatt.

To sik in Wyk een Stuuv to nehmen weer dat nu meist to laat. Und Moneten harr se ok nich mehr nuch.

Vertwiefelt settde se sik anne Mool. Ehr Kopp weer as leerpustet. De weenigen Minschen, de hier weern, leepen fix an ehr vorbi. Na 'n Tied markte se, dat ehr nich all links lingen leeten. Zwee Mannslüüd keeken interesseert na ehr henn. Giftig glotzte Doris se an. Se smusterten na ehr henn un verswunnen op een Seilschipp. Neetsch keek Doris achter se ran. De beiden Kirls kunnen dat Eiland to jede Tiet verlaaten. Vull Mitleed mit sik sülmst fung Doris an to blarrn.

Wie sollte sie es ihm erklären? Ihre einzige Hoffnung auf ein halbwegs annehmbares Leben, auf das sie nicht mehr verzichten wollte, war der Unterhalt, den sie eventuell herausschlagen konnte. Schließlich hatte sie ihr persönliches Fortkommen seinen Karriereinteressen untergeordnet. Das klang zwar altmodisch. Doch schließlich hatte sie diesen Kerl anfangs von Herzen geliebt.

Um sich in Wyk ein Zimmer zu nehmen war es schon reichlich spät und Geld hatte sie auch nicht mehr genug.

Verzweifelt setzte sie sich an die Mole. Ihr Kopf war wie leergefegt. Die wenigen Menschen, die sich hier aufhielten, liefen geschäftig an ihr vorbei. Nach einiger Zeit spürte sie allerdings, dass nicht alle sie links liegen ließen. Zwei Männer warfen ihr interessierte Blicke zu. Doris starrte die beiden wütend an. Sie lächelten ihr zu und verschwanden dann auf einer Segelyacht. Voller Neid schaute Doris hinter ihnen her. Die beiden Männer konnten die Insel jederzeit verlassen. Voller Selbstmitleid brach Doris in Tränen aus.

De sachten Stimm vun een Fru holte ehr torüch: „Watt is denn so gräsig dorbi, bi dit feine Weller anne Haven to sitten?"

Ahn Nadenken vertellte Doris ehr Geschicht. In wenige, körte Sett harr sehr ehr Leeven und dat Maleur vun düsse Dag vör de Fremme utbredet.

De Fru hörte ehr still to un sä denn: „Du kannst de letzte Tog hüüt jümmers noch kriegen. Wi bruuken blots twee Stünnen na't Fastland. Man de Reis is nich ümsünst. Du musst een Deenst afleevern."

Doris harr nix mehr to verleern: „Wat schall ik dohn?"

„Ik bün Vivian un mi hört dat Schipp, na dat du jüst röverkeeken hest. Ik heff min Inkomen dormit, dat Mannslüüd un ok Frunnslüüd bi de Överfahrt mit mi aparte Beleeven hebben. Hüüt heff ik een Kunne, de sien Wünsche vörher ni ganz vertellt hett.

Die sanfte Stimme einer Frau holte sie zurück: „Was ist daran so schlimm, bei diesem wunderbaren Wetter hier am Hafen zu sitzen?"

Ohne nachzudenken erzählte Doris ihre Geschichte. In wenigen, kurzen Sätzen hatte sie ihr Leben und ihr Dilemma des heutigen Tages vor dieser Fremden ausgebreitet.

Die Frau hörte ihr ruhig zu, dachte kurz nach und sagte dann: „Du kannst den letzten Zug nach Hause heute immer noch erreichen. Wir legen gleich ab und brauchen nur zwei Stunden bis zum Festland. Allerdings ist die Reise nicht umsonst. du müsstest eine Dienstleistung erbringen."

Doris hatte nichts mehr zu verlieren: „Was muss ich tun?"

„Ich bin Vivian und mir gehört das Schiff, zu dem du vorhin rüber geschaut hast. Ich verdiene mein Geld damit, dass Herren und auch Damen während der Überfahrt mit mir besondere Erlebnisse haben. Heute habe ich einen Kunden, der seine Wünsche vorher nicht vollständig geäußert hat.

He wünscht sik knapphandig een tweete Fru op't Schipp, de ik nu gau finnen mutt. Ehr Opgaav is dat, sik ankieken un ok mal anfaaten to laaten. Mehr nich."

„Blots ankieken, womööglich anfaaten, mehr nich...", dach Doris. Doför würr se rechtiedig na Huus kommen, to wieder an ehrn Afgang arbeiden to können.

„Ik mak dat", sä se fix.

„Büst Du seeker?"

„Ja!" – Dat hörte sik nich ganz so brutt an, as se sik dat wünscht harr. Man ehr Gegenöver smusterte.

„Fein, denn kom mit to mien Schipp."

„As Doris op dat Schipp keem weer se baff, wo groot dat weer. Vun de Mannslüüd weer nix to sehn.

Vivian bröchte Doris in een Ruum ünner Deck.

„Hier kannst du di Umtrecken."

Er wünscht sich eine zweite Frau auf dem Schiff, die ich nun kurzfristig beschaffen muss. Ihre Aufgabe ist es, sich anschauen und auch anfassen zu lassen. Mehr nicht."

„Nur anschauen, vielleicht anfassen, mehr nicht ..." – dachte Doris. Dafür würde sie rechtzeitig nach Hause kommen, um weiter an ihrem Ausstieg arbeiten zu können.

„Ich mach es", sagte sie kurz entschlossen.

„Bist Du sicher?"

„Ja!" – Es klang nicht ganz so selbstsicher, wie sie es sich gewünscht hätte. Aber ihr Gegenüber lächelte.

„Gut, dann komm mit zu meinem Schiff."

Als Doris das Schiff betrat, staunte sie über seine Größe. Von den Männern war nichts zu sehen.

Vivian führte Doris in einen Raum unter Deck.

„Hier kannst Du Dich umziehen."

Als Doris ehr fraagend ankeek, holte Vivian een nachtblaue Korsasch un een dörsichtige Ümhang ut Schapp.

Doris plünnte sik um. Nieschiri keek se achteran inne Speegel. Enn ganz anner Fru keek torüch. Weer se dat? Noch ni nich harr se Dessous anhatt. De Korsach leeg eng an ehrn Liev an. Ehr vulle Böst leegen in de halve Schalen vun de Korsasch, de düsteren Spitzen weern goot to sehn. Dorto harr se 'n lütje Ünnerbüx ut Sied an.

„Du büst smuck!" - Doris verfehrte sik, as se Vivians Stimm hörte. Se harr vergeten, wo se weer.

As Vivian ehr de Ümhang um de Schuller leggte, markte Doris, wodennig ehr Liev op de Kattuun reageerte.

Vivian keek ehr an: „Fein, dien Nippel reageern of sachte Anticken. Dat möögen de Mannslüüd. Laat uns nu anne Arbeit gahn. Wi hebben blots een Stünn, bevor wi an't Fastland anlangen un inne Haven vun Dagebüll anleggen."

Als Doris sie fragend anschaute, holte Vivian eine nachtblaue Korsage aus Samt und einen durchscheinenden Umhang aus einem Schrank.

Doris zog sich um. Neugierig betrachtete sie sich anschließend im Spiegel. Eine ganz andere Frau schaute ihr entgegen. War sie das? Noch nie hatte sie Dessous getragen. Die Korsage schmiegte sich an ihren Körper. Ihre vollen Brüste ruhten in den Halbschalen der Korsage, die dunklen Höfe gut sichtbar. Dazu trug sie einen String aus Seide.

„Du bist schön!" - Doris zuckte zusammen, als sie Vivians Stimme hörte. Sie hatte vergessen, wo sie war.

Als Vivian ihr den Umhang um die Schultern legte, merkte Doris, wie ihr Körper auf den Stoff reagierte.

Vivian schaute sie an: „Schön, Deine Nippel reagieren auf leichte Berührung. Das mögen die Männer. Lass uns nun an die Arbeit gehen. Wir haben nur eine Stunde, bevor wir das Festland erreichen und im Hafen von Dagebüll anlegen."

Vivian langte na een düstere Schaal ut Sied.

„Ik verbinn di de Oogen. Un dorto war ik dien Hannen tosommenbinnen un se över dien Kopp anne Deck fastmaken. Dat makt dat für di eenfacher un för de Mannslüüd opregender."

Dann bröchte se Doris in een anner Ruum. Dat weer still dor, man Doris spörte dat de Mannslüüd dor weern. Se wurr beluert. Di verbunnen Oogen makten dat anner Föhlen kloorer. Doris markte, dat sik ehr Muskeln verkrampten.

„Bliev still", sä se sik. „Blots een Stünn, denn hest du dat schafft un die Kirl wart dien Utflug ni wies warrn."

Een Hand leegte sik op ehr Schuller. Dör de dünne Ünhang kunn se sien Warme spörn. Da Anticken weer flüchtig, man moi. Denn markte se mehr Hannen, die ehrn Buuk un ehr Achtersen striegelten. De fraagte sik wo veel Minschen neben ehr noch inne Ruum weern. Dat Speel gefull ehr un se entspannte sik. Ehr Opregen wurr gröter.

Vivian griff nach einem dunklen Seidenschal.

„Ich verbinde dir die Augen. Außerdem werde ich dir die Hände fesseln und sie über deinem Kopf an der Decke festmachen. Das macht es für dich leichter und für die Männer aufregender."

Dann führte sie Doris in einen anderen Raum. Es war still dort, aber Doris konnte die Anwesenheit der Männer spüren. Sie wurde beobachtet. Die verbundenen Augen machten die anderen Sinne schärfer. Doris merkte, wie sich ihre Muskeln verkrampften.

‚Bleib ruhig' – sagte sie sich. ‚Nur eine Stunde, dann hast Du es geschafft und Dein Mann wird den Ausflug nicht bemerken'.

Eine Hand legte sich auf ihre Schulter. Durch den dünnen Umhang konnte sie die Wärme spüren. Die Berührung war flüchtig, aber angenehm. Dann spürte sie weitere Hände, die ihren Bauch und ihren Po streichelten. Sie fragte sich, wie viele Menschen außer ihr in dem Raum waren. Das Spiel gefiel ihr und sie entspannte sich. Ihre Erregung wuchs.

Op'n mal sä Vivian: „So mien Söten, nu ward dat Tied, de Ümhang utotrecken!"

Doris markte, dat ehr de Ümhang vunne Schuller trocken wurr. Dat tochte kold över ehr Bost. Weer dat de Wind oder weern dat Hannen? Se markte, dat se fuchtig mank de Been wurr. Doris kunn nix sehn, man ehr Fantasie wieste ehr Biller vun opregte Mannslüüd, de se antickten. Wodennig muchen de, die hier weern, wohl utsehn? Doris harr se bi de Fähranlegger sehn, man se kunn sik nich mehr op se besinnen. Nu wurr jedeen Zentimeter vun ehr Huut vun düsse freeme Kirls anfaatet un beluurt. Doris Opregen wurr gröter. Nich mal in ehr opregendeste Drööme harr si sik so'n Situaschion vorstellt. Dat Leeven weer opregend un harr bannig veel Unvermodens.

Eeen Hand leeg op ehr Titt, striegelte de erst sinnig, langte denn düchtig to un kneep ehr inne Spitz. Doris stöhnte vör Jieper. De anner Titt wurr von een Tung verwöhnt.

Plötzlich sprach Vivian: „So, meine Liebe, nun ist es an der Zeit, den Umhang auszuziehen!"

Doris spürte, wie ihr der Umhang von den Schultern gezogen wurde. Ein kühler Luftzug berührte ihre Brüste. War es der Wind, oder waren es Hände? Sie spürte wie sie feucht zwischen den Schenkeln wurde. Doris konnte nichts sehen, aber ihre Fantasie zeigte ihr Bilder von erregten Männern, die sie berührten. Wie mochten die im Raum Anwesenden wohl aussehen. Doris hatte sie beim Fähranleger gesehen, konnte sich aber nicht mehr an sie erinnern. Nun würde jeder Zentimeter Haut ihres Körpers von diesen wildfremden Männern berührt und betrachtet. Doris Erregung wuchs. Nicht einmal in ihren kühnsten Träumen hatte sie sich so eine Situation vorgestellt. Das Leben war spannend und barg viele Überraschungen.

Eine Hand ruhte auf ihrer Brust, streichelte sie erst sanft, dann packte sie kräftiger zu und kniff in die Spitze. Doris stöhnte vor Lust. Die andere Brust wurde von einer Zunge verwöhnt.

Weer dat een Kirl oder gar twee, de sie anfaateten?

Een anner Hand striegelte ehrn Buuk, gung deeper na ehr Schenkel un versunk denn in de Natten mank ehr Been. Een Finger waagte sik in dat Lock vör.

Doris markte in düsse Oogenblick dat Schaukeln vun dat Schipp dull als nie. Ehr Ünnerliev beweegte sik inne selbige Rhythmus. Se harr vergeten, wo se weer, markte blots noch ehrn Liev un den Hannen. Allns anner weer vergeeten.

Denn gun een Bevern dör ehrn Liev. Doris beleevte de dullste Orgasmus in ehr Leeven. As de afebbt weer, schiente de Welt still to stahn. De Hannen weern verswunnen.

Doris luusterte. Se schiente alleen in de Ruum to sien. Dat Schipp schaukelte knapp noch.

Na korte Tied hörte se Stappen. Denn wurr ehr de Oogenbinn afnahmen.

War es ein Mann oder zwei, die sie berührten?

Eine andere Hand streichelte Ihren Bauch, wanderte tiefer zu ihren Schenkeln und versank dann in der Nässe zwischen ihren Schenkeln. Ein Finger wagte sich in ihre Grotte vor.

Doris spürte in diesem Moment das Schaukeln des Schiffes intensiv wie nie. Ihr Unterleib bewegte sich im selben Rhythmus. Sie hatte vergessen, wo sie war, spürte nur ihren Körper und die Hände. Alles andere zählte nicht.

Dann ging ein Beben durch ihren Körper. Doris erlebte den heftigsten Orgasmus ihres Lebens. Als er verebbt war, schien die Welt still zu stehen. Die Hände waren verschwunden.

Doris horchte. Sie schien allein im Raum zu sein. Das Schiff schaukelte kaum noch.

Nach kurzer Zeit hörte sie Schritte. Dann wurde ihr die Augenbinde abgenommen.

Vivien stunn vör ehr: „Du weerst wunnerbor. Mien Kunn weer hochtofreeden mit di. He hett de Betohlung hochsett. Hier sünd hunnert Euro för di."

„Wo is he?"

„Söten, he is all vun't Schipp rünner un du schullst ok tosehn, wenn du de letzte Tog hüüt noch kriegen wullt. Kumm, ik hölp di bi't Umplünnen."

As in een Droom gung Doris dat Stück vunne Haven na de Bahnhoff torüch. Inne Tog keek se sik de Kort an, de se von Vivian kreegen harr. Se weer echt, jüst as den Moneten in ehr Tasch. Se weer jedertied wedder als Reisesellschapp för Vivian un ehr Kunnen willkommen.

Mit ein Smustergrienen löhnte Doris sik in ehrn Sitt torüch. Düsse Stunn würr se nie nich vergeten, ehr niege Leeven harr jüst anfungen.

Vivien stand vor ihr: „Du warst wunderbar. Mein Kunde ist sehr zufrieden mit dir. Er hat das Honorar erhöht. Hier sind Hundert Euro für dich."

„Wo ist er?"

„Liebes, er hat das Schiff schon verlassen und Du solltest dich auch beeilen, wenn du den letzten Zug heute noch erreichen willst. Komm, ich helfe dir beim Umziehen."

Wie im Traum legte Doris die Strecke vom Hafen zum Bahnhof zurück. Im Zug betrachtete sie die Visitenkarte, die sie von Vivien erhalten hatte. Sie war real, genau wie das Geld in ihrer Tasche. Sie war jederzeit wieder als Reisebegleitung von Vivien und ihren Kunden willkommen.

Lächelnd lehnte Doris sich in ihren Sitz zurück. Diese Stunde würde sie nie vergessen, ihr neues Leben hatte begonnen.

Lilly Block

De Autorin ut Nordfreesland schrifft siet 2008 erotische Schosen op hochdüütsch. Ehr eersten Geschichten op platt weern Felicitas erotische Vertellen, die 2013 bi de Candela Verlag rutkomen sünd.

Die nordfriesische Autorin schreibt seit 2008 erotische Geschichten auf Hochdeutsch. Ihre ersten Geschichten auf platt waren Felicitas erotische Vertellen, die 2013 im Candela Verlag erschienen.

Kontakt: post.an@lilly-block.de